BALLET
DE PSYCHE,
OV
DE LA PVISSANCE
DE L'AMOVR.

Dansé par sa Majesté le 16. jour
de Ianuier 1656.

A PARIS,
Par ROBERT BALLARD, seul Imprimeur du Roy
pour la Musique, ruë S. Iean de Beauuais,
au Mont Parnasse.

M. DC. LVI.

Vme. 104/2

Yf 842

BALLET

DE PSYCHÉ,

OV

DE LA PVISSANCE

DE L'AMOVR.

Diuifé en deux Parties : Dans la premiere
font reprefentées les beautez & les
delices du Palais d'Amour. Et dans
la feconde, l'Amour mefme y diuertit
la belle Pfyché par la reprefentation
d'vne partie des merueilles qu'il a produites.

PREMIERE PARTIE.

Le Palais d'Amour parest dans le fonds du Theatre auec des bois & des paisages aux deux costez.

La Constance qui meine au Palais d'Amour fait le Recit.

RECIT DE LA CONSTANCE.

Amans, qui commencez a pousser des soupirs,
Sur vn Objet arrestez vos desirs,
Ne cessez point d'aymer ce qui vous blesse;
Souuenez-vous que c'est vne foiblesse
D'auoir au cœur de legeres amours,
Quand on ayme vne fois, il faut aymer toujours.

Ie puis bien seurement vous mener par la main
Vers ce Palais dont je sçay le chemin,
Mais gardez-vous de suiure de faux guides:
Vous n'aurez point de plaisirs bien solides,
Si vous n'auez de solides amours;
Quand on change vne fois, on veut changer toujours.

PREMIERE

PREMIERE ENTREÉE.

Les Quatre Vents qui regnoient
en ces lieux.

Le Marquis de Genlis, M. Cabou, les Sieurs
Beauchamp, & Raynal.

Pour le Marquis de Genlis, *representant vn des Vents.*

LOrs que ce Vent se leue au milieu d'vne Salle,
Où sa legereté brille par interualle,
Il est bien mal-aisé qu'on s'en acquite mieux,
 Il n'est point de Vent qui l'égale,
A tous ces beaux Zephyrs il met la poudre aux yeux.

 Ses soupirs sont constans, il est opiniâtre,
Les Dames qu'il attaque ont peine à le combatre,
Et pour ce garantir contre ce fâcheux Vent
 Qui fait par fois le Diable à quatre,
Il faut double Chassis, & double Parauent.

 Qui pis est, sa puissance en est là paruenuë,
Que mesme sans soufler, il entre, il s'insinuë,
A trauers les rideaux penetre jusqu'aux lits,
 Et c'est vne chose connuë
Que rien n'est dangereux comme les Vens-coulis.

B

II. ENTRÉE.

Le Printems precedé de Zephyre & de Flore, les en chasse, & s'y vient établir auec quatre belles Nymphes qui l'accompagnent.

Zephyre. le Sieur Musnier S. Elme.
Flore. Mademoiselle de la Barre.
Le Printems. LE ROY.

Les Nymphes. Les Duchesses de Mercœur, & de Crequy, Mademoiselle de Mancini, & Mademoiselle de Manneuille.

Dialogue de Zephyre & de Flore, qui celebrent la venuë du Printems, & qui sont acompagnez d'vn Chœur de Musique, & de douze Nymphes.

TOVS DEVX ENSEMBLE.

O Que tout le monde est heureux,
De voir ce Printems amoureux,
Qui brille d'vne gloire extresme!
Doit on pas l'appeller ainsi,
Puis qu'il est cause que l'on ayme,
Et que peut-estre il ayme aussi?

ZEPHYRE.

Ha! Flore, c'en est fait, on le void à sa mine,
Luy-mesme a dans le cœur ce qu'il inspire aux cœurs,
Et dans quelqu'vne de tes Fleurs
Il a rencontré quelque épine.

FLORE.

Quel triomphe d'Amour, s'il est dans ses liens,
Doux Zephyr, qui ressens vne pareille atteinte,
Cesse de murmurer afin d'oüir sa plainte,
Et retien tes souspirs pour entendre les siens.

TOVS DEVX ENSEMBLE.

O que tout le monde, &c.

Pour SA MAIESTE', representant le Printemps.

QVe de ce doux Printems on ayme le retour,
O la bonne saison pour les biens de la terre!
Elle est toute propre à la Guerre,
Et toute faite pour l'Amour.

Que sa jeune vigueur anime de Guerriers,
Et que cette vigueur que la gloire accompagne
Fait pousser dedans la Campagne,
Et de Palmes, & de Lauriers.

De toutes les Beautez il est enuironné,
Et toutes les Beautez ne se peuuent deffendre
De tascher au moins à luy rendre
Cet amour qu'il leur a donné.

Il ne faut pas laisser sur la tige vieillir,
Toutes ces belles Fleurs qui sont de son domaine,
C'est le Printems qui les ameine,
C'est au Printemps à les cüeillir.

Pour la Duchesse de Mercœur, representant vne Nymphe.

VOus rencontrant icy (Nymphe toute adorable,)
Ie ne puis vous celer que mon hardy projet
Est de vous découurir tout ce qu'vn Miserable
Ose s'imaginer dessus vostre sujet.

Ce visage en beauté surpasse tous les autres,
Et répand vn eclat digne de mille vœux,
Mes yeux n'ont jamais veu rien de pareil aux vostres,
Et qui s'en croit sauué perit dans vos cheueux.

De peur d'en dire trop (Nymphe) ie me retire,
Si ce mot porte vn sens dangereux, & caché,
Songez que vous estiez dans les mains d'vn Satyre,
Et que c'est en sortir encore à bon marché.

Pour la Duchesse de Crequy, representant vne Nymphe.

NYmphe, on ne peut tenir contre vos doux appas,
La raison deuant eux doit mettre bas les armes,
Ils causent bien des maux que vous ne sçauez pas,
Mais outre ces attraits, ces douceurs, & ces charmes,
Vous auez tant d'esclat, & tant de maiesté,
Que si l'on vous trouuoit dans vn bois escarté,
Et qu'on eut vn dessein temeraire & coupable,
Quand pour l'effectuer on y viendroit expres,
Quelque hardy qu'on fût, on ne serpit capable
Que de vous regarder, & de mourir apres.

Pour

Pour Mademoiselle Mancini, *representant vne Nymphe.*

CRoyez qu'en agrément nulle ne vous seconde,
Que vous estes parfaite, & de corps, & d'esprit,
Au moins ne sçais-je pas de Nymphe dans le monde
Qui n'en crût de bon cœur les gens qui vous l'ont dit.

Amour tesmoigne bien par de visibles marques,
Qu'il medite pour vous des projets glorieux,
Et ce puissant vainqueur des Dieux & des Monarques
Ne fit jamais ailleurs ce qu'il fait dans vos yeux.

Donnez à quelques-vns des regards fauorables,
Et ne leur fermez pas l'oreille au Nom de Dieu :
Les plaintes qu'on vous fait sont fort considerables
Jointes à des soupirs qui partent de bon lieu.

Que les Nymphes sans vous fassent mille querelles,
Au fait de la beauté qui trouble leurs esprits,
Que sur la presseance elles soient mal entr'elles,
Laissez leur la dispute, & gardez-en le prix.

Pour Mademoiselle de Manneuille, *representant*
vne Nymphe.

LA plus considerable entre les immortelles
A six Nymphes jeunes & belles
Par qui les feux du Ciel pourroient estre obscurcis,
C'est vne suite assez pompeuse,
Et l'onde où je me mire est tout à fait trompeuse
Si je suis la moindre des six.

C

Pour nous soûmettre aux loix d'une autre destinée
L'Amour auecque l'Hymenée
N'ont qu'à parler tous deux d'vn ton clair & distincq :
Nous sommes six filles ensemble,
Telle chose pourroit arriuer ce me semble
Qu'on n'en conteroit plus que cinq.

III. ENTREE.

Bachus, & Ceres. Pomone, & Vertumne. Triptoleme. & Lislée, Dryade.

.e Marquis de Saucour, *Bachus*. Le Sieur Riuiere,
Ceres. Le Conte du Lude, *Pomone*. Le Marquis
de Villequier, *Vertumne*. Le Marquis de Seguier,
Triptoleme. M. de Rassan, *Lislée*.

.e Conte du Lude, *representant Pomone Deesse des fruits*

L Es fruits sous mon authorité
Sont bien-tost en maturité,
Et par vne vertu secrette.
Quelque ingrat que soit le terroir,
Il n'est si petite fleurette,
Que je ne fasse bien valoir.

Pour le Marquis de Villequier, repreſentant Vertumne
Dieu des jardins, & qui changeoit de forme
à tout moment.

SI vous auez deſſein de faire des conqueſtes
Ne changez pas de forme où vous eſtes perdu,
Et tant que vous ſerez baſty comme vous eſtes
Tout l'amour pris par vous ſera par vous rendu.

Le Marquis de Saucour, repreſentant Bachus.

DAns l'admiration d'vn Objet éclatant
Dont les doux traits me percent,
Ie m'enyure d'amour, & j'en prends tout autant
Que de beaux yeux m'en verſent.

Le Marquis de Seguier, repréſentant Triptoleme
Inuenteur de l'Agriculture.

LA derniere Campagne a veu mes premiers pas
Dans le vaſte champ de la Guerre,
Et demandez à Mars ſi je ne me ſuis pas
Employé comme il faut à cultiuer la Terre.

IV. ENTRE'E.

La Discorde, la Tristesse, la Crainte, & la Ialousie, essayent en vain d'entrer dans le Palais d'Amour.

Les Sieurs le Conte, Doliuet, Lambert, & S. Fré.

Monstres, que mal à propos
Vous troublez ce doux mystere,
Laissez l'Amour en repos,
Vous qui ne l'y laissez guere.

V. ENTRE'E.

Cupidon parest au milieu des Ieux, des Ris, de la Ieunesse, & de la Ioye : Les froides Deitez disparessent a son abord, luy voyant, non-seulement l'ardeur qu'il a d'ordinaire pour brusler les Amants, mais encore celle dont il est allumé luy-mesme pour la belle Psyché.

Cupidon, Le Marquis de Villeroy. *Les Ieux, les Ris, la Ioye, & la Ieunesse.* Le Marquis Daluy, Messieurs de la Chenaye, de Ioyeux, & Coquet.

POUR

Pour le Marquis de Villeroy, *representant Cupidon.*

CE Cupidon si le temps dure,
En rangera bien sous ses loix,
Il ne va pas à la ceinture
Des gens qu'il attaque par fois:
Estant Dieu je le tiens antique
Cependant je voy qu'il se pique
D'estre vn Enfant parmy les Dieux,
Il joüe, il saute, il dance, il trote,
Et le petit n'a rien de vieux
Que son bon sens, & sa calote.

VI. ENTRE'E.

Trois excellents Peintres portez dans le Palais
par le vouloir de l'Amour, pour y satisfaire
par leurs Ouurages le sens de la veüe.

Le Conte de Guiche. M. de Rassan.
le Sieur le Conte.

Pour le Conte de Guiche, *representant vn Peintre.*

TRauaillez (jeune Peintre) & songez de bonne-heure
A vous rendre en cet art vn Ouurier parfait,
On n'est pas mal payé du Tableau qu'on a fait
Lors que l'Original en suite nous demeure.

D

Il faut faire vn Soleil quelquefois d'vne Estoile,
Vous auez les Couleurs, la Toile, le Pinceau,
Il ne vous manque plus qu'vn dessein qui soit beau,
Et digne du Pinceau, des Couleurs, de la Toile.

Peut-estre l'auez-vous, si ce doute vous pique,
Comme ordinairement les Peintres sont quinteux,
Ie vous en fais excuse, & me sens tout honteux
D'auoir crû qu'vn moment vous fussiez sans pratique.

VII. ENTRÉE.

Sept Musiciens venus en ce lieu pour y charmer
le sens de l'oüie.

Les Sieurs Pinelle, pere & fils & frere, & les Sieurs
Grenerin, Itier, Couperin, & Genay.

LA Musique à tout le pouuoir
Que sur l'Amour on peut auoir,
Et par vne étrange merueille
Son imperieuse douceur
Le cherchant jusqu'au fond du cœur
L'éueille quand il dort, & l'endort quand il veille.

VIII. ENTRÉE.

Comus Dieu des festins acompagné
de la Propreté & de l'Abondance
pour le sens du goust.

Le Sieur l'Anglois, & les deux Des-Airs.

CE n'est pas tout qu'aimer, il faut de la pasture,
    Et bien des gens sont morts d'amour,
    Qui réglément deux fois par jour
Ne laissent pas d'auoir besoin de nouriture.

IX. ENTRÉE.

Quatre Parfumeurs chargez des plus douces
odeurs de l'Arabie heureuse pour
le plaisir de l'odorat.

M. Cabou, les Sieurs Beauchamp, & Raynal.

AMour est délicat, il faut qu'on assaisonne
De quelque doux parfum ce qu'on luy veut offrir,
Et malheureusement par fois on empoisonne
    Ce pauure enfant dans vn soupir.

X. ENTRÉE.

Le cinquiesme & dernier des sens estant reser-
ué à l'Amour dans la possession legitime de
la belle Psyché, elle arriue acompagnée de
la Beauté, & des Graces.

Psyché. Mademoiselle de Gramont. *La Beauté.* Le Duc
Damuille. *Les trois Graces.* Mesdemoiselles
de Nüeillan, de Gourdon, & de la Porte.

Pour Mademoiselle de Gramont, *representant Psyché.*

Belle Psyché, plaine d'apas,
Si l'aparence est veritable,
Vous, & Cupidon n'auez pas
Encor commencé vostre fable.

Vous estes vn couple fort beau,
Né l'vn pour l'autre ce me semble;
Et vostre Lampe, & son Flambeau
Feront bien de brusler ensemble.

Mais tous deux ménagez-vous bien
D'vne delicate maniere;
Il s'enuole quasi pour rien,
Et je croy que vous estes fiere.

Vos yeux sont éueillez & doux,
Et vous n'estes point d'vne taille
A permettre qu'aupres de vous
Amour s'endorme, ny qu'il baille.

Pour

Pour le Duc Damuille, *representant la Beauté.*

PVis que la Loy d'Amour veut que toute personne
Se transforme en l'objet dont son cœur est tenté,
    Il ne faut pas que l'on s'étonne
    Si je suis la mesme Beauté.

   C'est moy qui suis le but de chaque Demoiselle,
C'est de moy seulement qu'elles font vn grand cas;
    Telle m'a sans le croire, & telle
    Pense m'auoir qui ne m'a pas,

   Vn renfort de Beauté digne de cent loüanges
Est tout prest d'augmenter l'éclat où je me voy,
    Le Paradis, & tous les Anges
    Vont dans peu reluire chez moy.

   La supresme Beauté que tout le monde ador
Releuera bien-tost de mon sacré pouuoir,
    Et si je ne l'ay pas encore,
    Pour le moins j'aspire à l'auoir.

Pour Mademoiselle de Nüeillan, *representant vne des Graces.*

CEtte belle a de la fraischeur,
   De l'embonpoint, de la blancheur,
   Sa modestie est sans seconde,
   Et son Amant sans doute aura
   La meilleure grace du monde
   Alors qu'il la possedera.

E

Pour Mademoiselle de Gourdon, *representant* *vne des Graces.*

Parmy vous la beauté regne en diuerses places,
Et d'vn air differant chaque Grace a ses graces,
Vous auez vn beau teint, vn vif & doux regard,
Vous estes tres-aymable, & tres-spirituelle,
Mais ce qui m'a percé le cœur a vostre egard,
    C'est que ie sçay de bonne part
Que vous auez la jambe admirablement belle.

    Quand vous ne seriez pas faite comme vous estes,
Et que vous n'auriez point ces lumieres parfaites
Que les meilleurs esprits ne découurent qu'en vous :
Quand pour vaincre vn Amant vous n'auriez que cette ar-
Suffiroit-elle pas? est-il rien de plus doux   [me,
    Que de languir a vos genoux,
Puis que vous possedez vn si precieux charme?

Pour Mademoiselle de la Porte, *representant* *vne des Graces.*

O Grace dont les yeux sont tels,
Qu'il n'est rien de pareil au monde,
Et qui dans le cœur des Mortels
Font vne blessure profonde.

    Dont la bouche est d'vn incarnat
Qui fait pastir toutes les roses,
Et qui parfumant l'odorat
Monstre, & dit tant de belles choses.

Dont le poil noir si doucement
Vous lie vn cœur, & puis en suite
Le serre si terriblement,
Qu'il ne sçauroit prendre la fuite.

Et dont les bras blancs, gros, & ronds,
Et la gorge à nous mettre en cendre,
Sont veûs de l'œil dont les Larrons
Regardent ce qu'ils n'osent prendre.

O. Grace! dont les Ris, les Ieux,
Et les Amours suiuent les traces!
Que c'est vn poste auantageux
Que d'estre dans vos bonnes graces!

XI. ENTRE'E.

Medée, Circé, Alcine, & Armide belles & jeunes Magiciennes ameinent dans ce Palais leurs Amans Iason, Vlysse, Roger, & Renaud, pour y seruir l'Amour par la force de leurs charmes, s'il en faut ajouster aux siens.

Medée, la Duchesse de Roquelaure. *Circé*, Mademoiselle de Villeroy. *Alcine*, Mademoiselle de Bonneüil. *Armide*, Mademoiselle du Foüilloux. *Iason*, le Duc de Candalle. *Vlysse*, le Marquis de Saucour. *Roger*, le Comte du Lude. *Renaud*, le Marquis de Villequier.

Pour la Duchesse de Roquelaure, representant
Medée.

Par ses méchancetez elle est peu décriée,
Encore que son nom soit connu de chacun,
Aussi depuis le temps qu'elle s'est mariée
Elle a fait deux enfans, & n'en a tué qu'vn.

Cette Medée ayant vne beauté diuine
Tout a fait au dessus de la comparaison,
C'est estre vne Sorciere admirablement fine,
Qu'on ne luy puisse pas reprocher vn Iason.

Elle en auroit beaucoup, mais elle les neglige,
Elle possede l'art de rajeunir les gens,
En sorte qu'à la Cour ce seroit vn prodige
De soupirer pour elle, & de passer quinze ans.

Pour Mademoiselle de Villeroy, representant Circé.

Que de cette Circé le regard est fatal !
      Et qu'elle causera de mal !
Elle est trop dangereuse, il faudroit, où je meure,
      La brusler toute à l'heure.

On tasche à descouurir par quel charme elle plaist,
      Et ce qui la rend comme elle est,
Et toutes voudroient bien rencontrer quelque fueille
      Des herbes qu'elle cueille.

A bien

A bien examiner les couleurs de son teint,
   Ne diriez-vous pas qu'il soit peint?
Et ces leures qu'on croid n'auoir point de pareilles,
   Sont-elles pas vermeilles?

Sa gorge a deux boutons nouuellement esclos
   Qui ne paressent guere gros,
Et prouuent quatorze ans qui composent son âge,
   Sans qu'elle ait dauantage.

Mais dites luy deux mots, l'enchantement se rompt
   Aussi-tost qu'elle vous respond,
Et vous recognoissez comme chose aparente
   Qu'elle en a plus de trente.

Pour Mademoiselle de Bonneüil, representant Alcine.

D'Vne jeune lueur elle est enuironnée,
Et l'on juge à ce blanc remply d'vn tel éclat,
   Que cette petite Damnée
   Ne sort pas par la cheminée
   Quand il faut qu'elle aille au Sabat.

On void à son visage, à son air, à sa grace,
Enfin à cet aymable & dangereux poison
   Qui par les yeux dans l'ame passe,
   Que cette Sorciere de race
   A le charme de sa Maison.

F

Une Ame grande & forte en peut eſtre ſeduite,
Et pres d'elle aiſément on pourroit s'oublier,
Heureux les Demons de ſa ſuite
Qui veilleront à ſa conduite!
Mais plus heureux le familier.

Pour Mademoiſelle du Foüilloux, repreſentant Armide.

TOut ce que la Magie auſſi blanche que nege
A de force & de priuilege,
Brille en cette perſonne auec des traits charmans;
Il ne faut point choquer les Puiſſances diuines,
Et pour produire au jour de grands enchantemens,
Vne taille admirable, & d'autres agrémens,
Sont ſes herbes & ſes racines.

Pour le Duc de Candale, repreſentant Jaſon.

SONNET.

DEuant ce Conquerant tout autre diſpareſt,
Quelle taille! quel air! & quelle cheuelure!
En a t'on jamais veu d'équipé comme il eſt
Pour vne glorieuſe, & galante auanture?

Il ayme le combat, la victoire luy plaiſt,
Il eſt vray que la peine auſſi luy ſemble dure;
Se faut-il embarquer, l'Argonaute eſt tout preſt,
Mais le chagrin luy prend quand le voyage dure.

C'eſt à dire en deux mots que vous aymeriez fort
Qu'au bruit de voſtre Non l'on ſe rendit d'abord,
Sans donner à vos ſoins vn penible exercice :

C'eſt voſtre ſeul defaut (merueille des Iazons)
Et le zele que j'ay pour vous rendre ſeruice
Vous le dit de la part de toutes les Toizons.

Le Conte du Lude, repreſentant Roger.

BRaue, & fameux Roger, honneur des Paladins,
Et le plus cheuelu des modernes Blondins,
Vos traits ſont merueilleux, Arioſte les vante,
Il vous loüe, & dit vray, mais dans cet Autheur là
Il n'eſt fait mention que d'vne Bradamante,
Et j'en ſçay pour le moins cinq ou ſix par delà.

Exemple de Conſtance & de Fidelité,
Si l'Amour a permis qu'on vous ait écouté
Aux differens endroits où vous eſtiez à taſche,
Et ſi vous n'auez point ſoupiré pour neant,
Donnez-vous du repos, prenez quelque relaſche,
Vous ne fuſtes jamais rien moins qu'vn faineant.

Pour le Marquis de Villequier, *repreſentant*
Renaud.

*S*Ans que par vne dure & penible cornée
Ie coure l'Vniuers de l'vn à l'autre bout,
Cherchant auanture par tout;
L'auanture eſt toute trouuée,
Il ne faut point aller ſi loin,
La peur de la manquer toutéfois m'importune,
Et c'eſt là que j'ay grand beſoin
De l'Amour & de la Fortune.

Pour le Marquis de Saucour, *repreſentant Vlyſſe.*

N'En déplaiſe au Pinceau, le plus judicieux
Pour bien repreſenter Vlyſſe,
Il faut luy mettre dans les yeux
Plus d'audace que d'artifice;
Braue en guerre, braue en amour,
Ie hay la ruſe & le détour:
Auſſi n'eſt-ce en effet qu'vne pure chimere
Dont la Fable a noircy mon honneur & ma foy,
De ſemblables defauts ne ſont que dans Homere,
Dieu me veille garder qu'ils ſe trouuent chez moy.

XII. En-

XII. ENTRE'E.

Six Esprits folets de la suite de ces belles Magiciennes, qui se réjoüissent de pouuoir
estre employez au seruice de l'Amour.

LE ROY. M. Bontemps. Les Sieurs Verpré,
l'Anglois, Baptiste, & le Vacher.

Pour le ROY, representant vn Esprit folet.

SONNET

Est-ce chose réelle ? est-ce sorcellerie ?
Ne sçaurie-vous, mes yeux, éclaircir ce soupçon ?
Adonis estoit beau, pourtant sans flaterie,
L'ESPRIT qui m'aparest a meilleure façon.

Cela marche de l'air d'vn grand ieune garçon,
Où la nature a mis toute son industrie
Et dont toute la Cour pourroit prendre leçon
En fait de bonne grace, & de galanterie.

Comme font les Amans Cela fait tout ainsi,
Cela n'aura vingt ans que dans deux ans d'icy,
Cela sçait mieux dancer que toute la gent Blonde,

Et n'est femme à choisir dans ce grand nombre là,
A qui Cela ne fit la plus grand' peur du monde,
Et qui ne se rendit volontiers à Cela.

G

XIII. ENTRÉE.

Le Silence, la Discretion, & le Secret viennent loger dans le Palais de Cupidon.

Le Marquis de Seguier. Les Sieurs de Lorge, & Doliuet.

NOus aurions beaucoup à dire,
Nous ne difons rien pourtant,
Et nous voulons qu'on foupire
Encore qu'on foit content.

FIN DE LA PREMIERE PARTIE.

SECONDE PARTIE.

Où l'Amour diuertit la belle Psyché par
la representation d'vne partie des
merueilles qu'elle a produites.

La Gloire qui ne tient point au dessous d'elle
d'estre meslée dans toutes les merueilles
de l'Amour, vient faire le Recit & s'ad-
dresse au Roy.

RECIT DE LA GLOIRE.
AV ROY.

Grand Roy, quel destin est le vostre ?
Vous auez maintenant tout le monde à vos pieds,
Et peut-estre estes-vous vous mesmes aux pieds d'vn autre :
Si l'Amour a sur vous remporté la victoire,
Il est beau que vous luy cedie,
La Gloire vous le dit, vous l'en pouuez bien croire.

Iugez par vostre inquietude
Comme en vain l'on prétend s'affranchir de ses loix,
Et ne rougisse point d'vn peu de seruitude :
Si mesme jusqu'aux Dieux il étend sa victoire,
Il ne fait point de honte aux Rois,
La Gloire vous le dit, vous l'en pouuez bien croire.

PREMIERE ENTRE'E.

Iupiter, Apollon, Mars, & Mercure, vaincus
autrefois par l'Amour, font reprefentez par
des efprits comme le refte des entrées qui
fuiuent pour la gloire de fa Puiffance.

Meffieurs de Brigny, & de Boëffet. Les Sieurs
Mongé, & le Vacher.

L Es Dieux ont témoigné des tranfports violans,
Et la galanterie eft par eux obferuée,
Ie croirois que ces Dieux fe la font referuée,
Car les pauures Mortels ne font gueres Galans.

II. ENTRE'E.

Mome Bouffon des Dieux, fuiuy de fix
infenfez qui ont perdu l'efprit
pour auoir trop aymé.

Les Sieurs Molier, Beauchamp, Doliuet, S. Fré,
le Conte, de Lorge, Raynal.

P Ourueu qu'on foit frapé feulement dans le cœur
Par le trait d'vn bel œil qui nous fait fa conquefte,
Cela n'eft prefque rien, mais c'eft vn grand mal-heur
Quand le coup répond à la tefte.

III. EN-

III. ENTREE.

Talestris Reine des Amazones, que sa fierté &
son auersion pour les hommes ne sçeurent
empescher d'aymer Alexandre, parest auec
quatre autres Amazones amoureuses.

Talestris. MONSIEVR, Frere vnique du Roy.
Le Conte de Guiche. Le Marquis de Genlis.
Mrs de Raffan, & Cabou. Amazones.

Pour MONSIEVR, Frere vnique du Roy,
representant Talestris.

CHarmante voisine du Throsne,
Où le Ciel a versé ce qu'il a de meilleur,
Comme vne veritable & parfaite Amazône
Vous auez la beauté tout ensemble & le cœur ;
Comme telle par tout vous gagnez la victoire,
Et comme telle enfin (diuine Talestris)
Vous ne cherissez rien à l'egal de la Gloire,
Et ne haissez rien à l'egal des Maris.
Ainsi que ces belles Guerrieres,
Vous portez dans les cœurs d'ineuitables coups,
Et sçauez triompher de toutes les manieres,
Vos bras deuiennent forts, vos yeux sont fiers, & doux :
Vous auez de l'amour pour le grand Alexandre
De qui toute la terre admire les progrés,
Vous en aurez le cœur, & vous pouuez pretendre
Que vous l'attraperez, si vous courez apres.

H

Pour le Marquis de Genlis, *Amazône.*

AMazône, difcrete & fage,
Sans que voftre pudeur en foit bleffée en rien,
I'oferois affurer & ie gagerois bien
Qne vous auez le corps plus beau que le vifage.

IV. ENTRE'E.

Marc-Antoine fuiui de la Profufion & de l'A-
ueuglement, qui apres auoir fait d'exceffi-
ues dépences pour Cleopatre, fe fit enfin
mourir pour elle.

M. Coquet. Les Sieurs Langlois, & de Gan.

DE cette paffion qui fe peut garentir?
De mefme que Céfar il s'en faut diuertir,
Mais comme Marc-Antoine il ne s'en faut pas faire
Vne fi furieufe affaire.

V. ENTRE'E.

Huit Gladiateurs, de ceux que le mefme An-
toine donna autrefois pour fpectacle a Cleopatre faifans vn combat a outrance.

Le Conte du Lude. Les Marquis de Villequier, de
Saucour, de Richelieu, & d'Aluy. Le Conte Carle.
M. de Brigny, & le Sieur le Vacher.

Pour le Marquis de Richelieu, *representant*
vn Gladiateur.

QVoy que ieune en cent combas
Vostre cœur, & vostre bras
Ont eu beaucoup d'auantage,
Et vous auez mis au jour
Force preuues de courage,
Et quelques-vnes d'amour.

VI. ENTRE'E.

Six Esclaues Mores, donnez par luy-mesme
à cette Reyne d'Egypte, dançans auec
beaucoup de disposition & d'adresse.

Les Ducs de Guise, & Damuille, Les Sieurs
Molier, Verbec, Beauchamp, & Raynal.

Le Duc de Guise, *representant vn Esclaue.*

CE Dieu m'ayant rangé sous son obeissance
M'a toujours fait subir d'imperieuses loix,
Et ie n'eus de ma vie encore en ma puissance
Le cœur qu'aux ennemis i'ay monstré tant de fois.

Le Duc Damuille, *representant un Esclaue.*

Captif si iamais ie le fus,
Loin de vouloir ne l'estre plus
I'aspire à l'estre dauantage,
Et tout mon plus ardent souhait
Est que bien-tost le Mariage
Serre le nœu qu'Amour a fait.

VII. & VIII. ENTRE'E.

Les Bachantes bien plus éprises de la fureur d'a-
mour que de celle du vin, mettent Orphée
en pieces, de rage de se voir refusées par luy.

Orphée. Le Marquis de Genlis. *Bachantes.* Messieurs
Bontemps, Ioyeux, & Barbau, Les Sieurs Langlois,
Geoffroy, Baptiste, S. Fré, Du Moustier, Lambert,
Des Airs le jeune, Laleu, & Bonnard.

Pour le Marquis de Genlis, *representant Orphée*
deschiré par les Bachantes.

Ont elles resolu de vous oster la vie,
Ou pour vous embrasser de vous prendre au côlet?
Est-ce haine? est-ce amour? est-ce rage? est-ce enuie?
Vous trouuent-elles beau? vous trouuent-elles laid?

Pour vous dire le vray, n'estoit vostre grimace,
Ie croy qu'à leur fureur vous vous déroberiez,
Et vostre mauuais sort pourra changer de face,
Moyennant que vous mesme aussi vous en changiez.

Ces

Ces femmes ont grand tort, & vostre plainte amere
Les deuroit émouuoir à vous moins déchirer,
Tel est vostre destin, & vostre propre mere
Commença la premiare à vous desfigurer.

IX. ENTREE.

Neptune blessé sous les eaux pour Thétis & puis
pour Amphitrite accompagné de Tritons

Neptune. Le Duc de Guise. *Tritons.* M. Cabou. Les
Sieurs Molier, Beauchamp, Raynal, de Lorge,
de Gan, Doliuet, le Conte, Chaudron, petit S.
Fré, Du Manoir, Rousseau.

Pour le Duc de Guise, *representant Neptune.*

LA mer vous a veu faire entre Naples & Rome
Ce que peut faire vn Dieu sous la forme d'vn homme,
Vne simple Coquille estant vostre vaisseau,
En vos mains le Trident passa pour vn Tonnere,
Et rien n'a tant paru merueilleux à la Terre
Comme la fermeté que vous eustes sur l'eau.

Puis que l'onde est soûmise à vostre obeïssance,
Et puis que vous regnez sur la mesme inconstance
Vn peu de changement ne vous sied point trop mal,
Vous pouuez entre cent partager vos tendresses,
Et sans vous consumer brusler pour cent Maistresses
Ayant vn si grand fond d'humide radical.

L

X. ENTRÉE.

Quelques Chasseurs comme Meleagre,
Cephale, Endimion, &c. tous
blessez par l'amour.

Le Marquis de Villeroy. Le Comte Carle. Messieurs
de la Chesnaye, & Rassan. Les Sieurs Mongé,
Lerambert, Riuiere, & Vagnac.

Pour Monsieur de Rassan, *Chasseur.*

*L*Es peines de ce Chasseur,
Son adresse, & sa douceur
Ne seront pas infertilles,
Il fera progres noueaux,
Ses pas pour estre inutilles
Sont trop iustes, & trop beaux.

XI. ENTRÉE.

Les quatres Elemens composant le monde,
qui ne subsiste que par l'Amour, & par
cette raison seruant a sa gloire
& à sa puissance.

Le Duc de Roquelaure, le Marquis Daluy,
M. Coquet, & le Sieur Verbec.

Pour le Duc de Roquelaure, *representant vn Element.*

QVel que soit l'embaras, & la diuision
  Entre mes compagnons que la discorde assemble,
J'estois plus auant qu'eux dans la confusion,
Et seul plus intrigué que tous les trois ensemble,
Mais grace à mon adresse, il n'est point d'Element
Qui se soit du chaos tiré plus galament.

Pour le Marquis d'Aluy, *representant vn Element.*

AMour, dont le puissant effort
  Nous a mis tous quatre d'accord,
Ie ne me veux mesler ny d'effets, ny de causes:
A mes associez ie laisse de bon cœur,
  Toute la gloire, & tout l'honneur
  De la subsistance des choses,
Qu'à celle qui me plaist ie plaise seulement,
  Et que ie sois son Element.

XII. ENTRE'E.

Vn Antre s'ouure, Pluton parest sur son Trône,
enuironné de Demons, la Crainte, le Soupçon, le Desespoir & la Ialousie font vn Con-
cert Italien, soustenu de diuers Instrumens.
Composez par le Sieur Baptiste.

CHORO DI PASSIONI AMOROSE.

Dell' inferno, e d'amore
Noi siam partj infelici, e lagrimosi,
Ch' in eterno dolore
Non sappiam quai martir sian più penosi
Dell' inferno, ò d'amore.
Pur s'auuien che gran beltà,
Su l'altrui mesto languire
Volga vn raggio di pietà
Il penar dinien gioire.
    Ne si dà
      Maggior contento
      Ch' il tormento
      Quando in gioie si disfà.

LA GELOSIA.

Geloso Veleno
Che sempre ohime
Inondi il mio seno
Non v'è nò non v'è
Velen più amaro, e più mortal di tè;
Mà pur se pentita
Colei che tradì
Promette di nuouo più salda la fè
Diuenti si si
Dolcezza infinita.
CHORO. Ne si dà, &c.

IL SOSPETTO.

Sospettosi furori
Qualhor da voi quest'alma é tormentata
Oh che morte spietata
Viuer sepolto ohime ne vostri horrori;
Pur se fia che mai disgombre

Le

Le voftre ombre
Lo fplendor che fi eclifsò
D'vna vera fedeltà,
Non mai tanta allegrezza il cor prouò.
CHORO. Ne fi dà, &c.

LA DISPERATIONE.

A Difperata forte
Ceda ceda, ogni duolo
Che à tal' affanno è folo
Refrigerio la morte;
Pur fe rifforge vn dì
Speme che in cenere
Disfata e già
Non mai più tenere
Soauità
Amor fentì
CHORO. Ne fi dà, &c.

IL TIMORE.

Il timor qual' hora affrena
Che d'amore il foco efali
Nel vietar rimedio a i mali
Doppia ohime rende ogni pena;
Pur fe al fin mai l'afficura
Di fuperbi lumi vn rifo
Fatto ardito all'improuifo
Fabro è poi d'ogni ventura.

CHORO. Cofi cangia anch'or qui giù
Le ftupende
Sue vicende
L'amorofa feruitù
Cofi amor con la fua face
Fà l'inferno & il Ciel doue à lui piace.

K

La Gelosia.	La Signora Anna.	*Bergerotta.*
Il Sospetto.	Il Signor Tondi.	
La Desperatione.	Il Signor Taglia vacca.	
Il Timore.	Le Sieur Meusnier S. Elme.	

Pluton & sa Cour tenebreuse témoignant par vne danse toute extraordinaire que l'A-mour inspire la gayeté jusqu'aux Enfers.

Pluton. LE ROY.

Demons. Messieurs Bontemps, Tartas & Barbau. Les Sieurs Verpré, Baptiste, les deux Des-Airs,

Pour LE ROY, *representant Pluton.*

IVpiter à son gré peut tonner sur les Monts,
Pour moy, j'ay ma puissance icy bas renfermée,
Et la Cour où je regne est fertille en Démons,
Cét Abisme produit quantité de fumée:
La haine, l'interest, l'ambition, l'amour,
Tantost tous quatre ensemble, & tantost tour à tour
Sont de ces Mal-heureux la peine longue & rude,
Personne sous ma loy n'est exempt des ennuis,
Chacun a sa misere, & tout Dieu que je suis
N'ay-je pas mon inquietude ?

Apres auoir vaincu la Nuict, & le Chaos
Qui broüilloient pour m'oster la qualité de Maistre,
Et comme je pensois joüir de ce repos
Où l'Enfer est luy-mesme autant qu'il y peut estre,
Ie sens dans mon esprit de nouueaux embaras,
Vne guerre intestine, & de secrets combas,
Il se coule en mon cœur vne douce amertume,
Mon Thrône n'en deuient ny plus ny moins ardent,
Mais comme je l'éprouue il y fait cependant
    Beaucoup plus chaud que de coutume.

XIII. ENTRÉE.

Les Heures ayant commencé à parestre éueil-
lent l'impatience de l'Amour, & luy font
confesser a Psyché qu'elles luy durent des an-
nées; Il leur fait signe de se haster, & leur Entrée ayant moins duré que les autres, elles
font place à l'Hymen & à tous les Plaisirs qui
font la derniere Entrée.

Le Sieur de Riberac, *representant la Deesse Themis.*

Les Heures. Medemoiselles

Dambourg,	Tajollet la jeune,
les Sergents,	de Riberac,
Simonet,	Girau,
de Longueil,	du Moustier,
Molier,	Thierry,
Tajollet,	& du Clou.

Pour les petites Filles qui representent les douze
Heures du Iour.

L'Impatience de l'Amour
Eſt aſſez iuſte ce me ſemble,
Puis que ces douzes heures du iour
Font vn ſiecle toutes enſemble.

XIV. ET DERNIERE ENTRE'E.

L'Hymen & tous les Plaiſirs.

MONSIEVR Frere vnique du Roy & toutes
les Dames.

Pour MONSIEVR, repreſentant l'Hymen.

VOus ne vous reſſemblez de poil, ny de viſage,
Non ce n'eſt point l'Hymen qui pareſt en ce lieu,
Et plus propre à brouiller, qu'à faire vn mariage,
Vous en eſtes pluſtoſt le Demon que le Dieu.

FIN DV BALLET.